Dans une maladie aiguë,
Ou l'amertume est dans le cœur,
Ou, c'est la bile qui le tuë,
Ou bien, ce n'est que quelque aigreur.
Dans tous ces cas venez à la vive fontaine
Qui sort d'un bras de l'Hypocrene,
Et buvez à long traits de sa douce liqueur,
Seurs, qu'elle calmera vôtre affreuse langueur.
Que si tu veux rester dans ce peril extréme,
Malade, guéris-toi, toi-méme.
Nous verrons d'un œil sec tes cuisantes douleurs:
Va porter tes soupirs ailleurs.
Aprés cet avis salutaire,
Il te suffit B**. que tes eaux sachent plaire,
Tant mieux s'il est quelque jaloux,
On les verra comme des foux;
Et l'on dira toûjours, non-obstant leur folie,
B**. t'on Eau de mille Fleurs
Guerit de la Melancolie.
Et charme également les Esprits & les Cœurs.

C. B * * *.

L'OPERA
INTERROMPU.
COMEDIE

Mise au Théatre par Mr. B **.

REPRESENTE'E A LYON
Par les Comediens Italiens, Privilegiés
de Monseigneur le Maréchal de Ville-
roy; au mois de Juillet de l'Année 1707.

A LYON
Chez ANTOINE PERISSE ruë
Merciere à la Renommée.

M. DCC. VII.
Avec Permission

ACTEURS.

CINTHIO.
ISABELLE
COLOMBINE
ARLEQUIN
MEZZETIN
SCARAMOUCHE
PIERROT

} Comediens Italiens

Monsieur L'OPERA *Arlequin.*
Monsieur PORTEFER. Officier.
Madame CLIMENE sœur de Mr. Portefer
OCTAVE
LEANDRE } Officier.
la COMETTE Intendante de Mr. l'Opera
le PORTIER de la Comedie.
un CHARRETIER.

La Scene est à Lyon.

PROLOGUE.

SCENE I.

ARLEQUIN. PIERROT.

ARLEQUIN.

JE vous l'ay déja dit , & je vous le repete.
Vousétes un butor, un Cheval de Charrete ,
Un Lourdaut , un stupide , un ignorant , un sot ,
Un... pis que tout cela:m'entendez vous,Pierrot?

PIERROT.

Ne vous voilà t-il pas déja , avec vos beaux
noms que vous me baillez toûjours ? parce que
vous avez de l'esprit , & que je ne suis qu'une
bête , vous vous imaginez qu'on n'est pas aussi
grand Docteur que vous.

ARLEQUIN.

Je vous conseille, mon ami , de vouloir faire
assaut de bel esprit avec moi , vous qui dépuis
trois semaines n'avez pû mettre dans vôtre tête,
un miserable rolle de quatre lignes , qu'on vous
a donné pour la piéce d'aujourd'hui.

PIERROT.

Le moyen , aussi , que je puisse aprendre quatre
lignes en trois semaines ?

ARLEQUIN.

Comment ? en trois semaines. Et que feriez-

A ij

vous donc ſi vous étiez à l'Opera ? où l'on tuë les Acteurs à force de piéces nouvelles, & où l'on fait des répétitions generales avant même qu'ils ayent eu le temps de lire leurs rolles.

PIERROT.

Alors comme alors, je ferois comme les autres : je ne ſaurois ce que je dirois, & le ſouffleur auroit l'emploi de parler pour moi. Mais vous qui faites l'habile homme ſçavez-vous le vôtre ?

ARLEQUIN

Si je ſai mon rolle ? morbleu, Si je ſai mon rolle ? je vais te le dire d'un bout à l'autre... à propos, Pierrot, quelle piéce joüons - nous aujourd'hui ?

PIERROT.

Nous joüions .... mais nous joüions ... n'avez vous pas lû l'affiche ?

ARLEQUIN.

Voyez cet animal avec ſon affiche ? eſt-ce que je ſai lire moi ? pour qui me prenez vous ?

PIERROT.

A ce que je vois, nous ſommes auſſi ſavans l'un que l'autre.

ARLEQUIN.

A peu prés ; mais le diable de tout ceci, c'eſt que ſi nous ne ſavons pas nos rolles, il eſt impoſſible que nous donnions aujourd'hui la piéce que nous avons promiſe.

PIERROT,

Nous n'avons donc qu'à prendre congé de la compagnie, nous irons nous coucher de bonne heure, & nous nous léverons plus matin.

ARLEQUIN.

Pour moi j'irai paſſer la ſoirée au Cabaret.

PIERROT.

Mais : ces Meſſieurs ont donné leur argent

pour voir la Comedie, que leur donnerons-nous
pour excuse ?

ARLEQUIN.

Nous leur donnerons le bon soir, & nous les
prierons de revenir demain parce que nous n'a-
vons pas loisir aujourd'hui.

PIERROT.

Il n'y a qu'à leur dire, que c'est parce que nos
Acteurs sont yvres, & qu'ils ne savent pas leurs
rolles.

ARLEQUIN.

Bon : si l'on se mettoit sur le pied de ne point
joüer la Comedie toutes les fois qu'il y a des Acteurs yvres, ou qui ne savent pas leurs rolles,
on seroit obligé de faire fout les trois quarts de
l'Année. Cette excuse ne vaut rien, & d'ailleurs
je ferois conscience de renvoyer une si belle as-
semblée.

PIERROT.

Et encor plus, de rendre l'argent à la porte.

ARLEQUIN.

Voilà qui merite reflexion. Je crois que nous
ferons mieux pour ce soir, de donner quelque
petit divertissement inprompt.u, nous nous en
tirerons comme nous pourrons.

PIERROT.

C'est mon fort que les inpromptu, & pour-
veu que je n'aye rien à aprendre par cœur, je ne
manquerai pas un mot de mon rolle.

ARLEQUIN.

Je m'aperçois qu'on commence à s'ennuyer de
voir tous les soirs la même chose, & si nous ne
reveillons la curiosité du Public par quelque nouveauté, je crains que nous ne voyons bien-tôt
nôtre Parterre aussi desert que celui de l'Opera

l'étoit à la Comedie du *Caffetier.* *

P I E R R O T.

Inventons donc quelque chose qui nous attire bien du monde.

A R L E Q U I N.

Quelque chose qui nous attire bien du monde? *Il rêve.* N'as-tu jamais vû pendre quelqu'un?

P I E R R O T,

Oh que oüi.

A R L E Q U I N.

Et bien. Quand on pend quelqu'un tout le monde y court. J'annoncerai que tu dois être pendu, tu verras que nous aurons ici toute la Ville.

P I E R R O T.

Allez vous faire pendre vous-même. Je n'ai jamais été pendu, & je ne saurois comment m'y prendre.

A R L E Q U I N.

Non. Il y a là dedans quelque chose de trop tragique. D'ailleurs on est accoûtumé à voir pendre gratis, & si nous faisions payer pour cela, nous n'aurions pas un chat.

P I E R R O T.

Tenez voici qui vaudra mieux. Quand tout le monde sera assemblé, nous n'aurons qu'à éteindre les chandelles, je gage que quand on saura que nous joüions la Comedie aveuglettes, il nous viendra plus de monde de moitié.

A R L E Q U I N.

Fi: les plus belles Scenes ne paroîtroient pas c'est un déffaut contre les regles du Théatre.

P I E R R O T.

Je ne sai si cela seroit contre les regles du Théatre; mais il seroit fort dans le gout des troisiémes Loges.

* Mauvaise piece de la Composition de L. G. qui tomba dés la Premiere representation.

ARLEQUIN.

Tien. Il me vient une penſée qui vaut ſon peſant d'or. *Arlequin rit, & Pierrot rit auſſi.*

PIERROT

Oüi juſtement. Cela ſera bien drole.

ARLEQUIN

Tu ſais donc ce que je penſe ?

PIERROT

Non ? mais je ris toujours en attendant.

ARLEQUIN

Tu as oüi dire, ſans doute, que l'Opera n'eſt plus ici ? **PIERROT.**

Non ? où eſt-il donc allé ?

ARLEQUIN

Il eſt allé en Campagne changer d'air, parce qu'il craint une rechûte.

PIERROT.

Comment ? eſt-ce qu'il a été malade ?

ARLEQUIN

Diable. Je t'en repons. Sans l'eau de mille fleurs, il ſeroit crevé l'hiver dernier.

PIERROT.

Oüi dea ? & quelle maladie a-t-il donc ?

ARLEQUIN

Il eſt ſujet au mal caduc, il tombe ſouvent, & il eſt à craindre qu'il ne ſe caſſe le cou quelque jour.

PIERROT

S'il ne ſe ménage mieux qu'il a fait juſqu'ici, cette maladie lui joüera un mauvais tour.

ARLEQUIN

Et bien pendant ſon abſence joüons l'Opera.

PIERROT

Bon l'Opera. C'eſt quelque choſe de trop ſérieux. On ne vient ici que pour rire. Cherchons quelque choſe de plus drôle que l'Opera.

ARLEQUIN.

Tu fais bien que tous les Opera font mêlésde
guay, & de ferieux, pour nous accommoder au
gout du Public, nous en retrancherons le ferieux,
& nous ne joüerons que le guay.

PIERROT

Vous avez raifon, Je croi que cela fera plaifir.

ARLEQUIN

Sans doute. Voici Mezzetin, je gage qu'il fera
de mon fentiment.

SCENE II.

ARLEQUIN. MEZZETIN. PIERROT

MEZZETIN.

Oui : vous avez raifon tous deux. De-
quoy parliez-vous?

ARLEQUIN.

Pierrot, & moi, nous allons mettre, inpromptu, un Opera fur pied.

MEZZETIN *rit.*

un Opera. Ah ah ah ah ah.

ARLEQUIN

Oüi un Opera. Qu'y a-t-il là de fi ridicule?

MEZZETIN *rit.*

Un Opera? ah ah ah ah.

ARLEQUIN

Oüi un Opera. Tu verras fi je n'en viens pas à
bout.

MEZZETIN

Tu vas faire de gros profits, à joüer l'Opera.

ARLEQUIN

Et bien si nous ne gagnons rien ici, nous irons nous établir à Trevoux. On n'a jamais vû d'Opera en ce païs-là.

MEZZETIN

Mais dis moi je te prie, as-tu perdu l'esprit avec ton Opera? tu sais bien que ce n'est pas nôtre mêtier.

ARLEQUIN

L'Opera se mêle bien de jouer la Comedie : ce n'est pourtant pas son métier. Et le pis qui puisse nous arriver, c'est de reüssir aussi mal à jouer l'Opera, que l'Opera reüssit mal à jouer la Comedie.

MEZZETIN

Mais : où prendras-tu des décorations ?

ARLEQUIN

Nôtre décoration ordinaire quelque mauvaise qu'elle soit, peut servir pour dix ou douze Opera tout de suite.

MEZZETIN

Il faudra des machines.

ARLEQUIN

Bon, des machines, tu t'imagines peut-être que je veux avoir des Divinités comme celles de l'Opera de Paris, qui ne sauroient faire un pas que dans un char, ou sur un nuage. En ce païs-cy, l'on dit effrontement au Parterre, *Cibelle va descendre*, quoyque la pauvre Deesse vienne de plein pied. Diable, dépuis qu'on a mis ici les Dieux à la reforme, c'est une épargne considérable pour un Opera.

MEZZETIN

Et des habits ?

ARLEQUIN.

Y a-t-il loin d'ici à la friperie ?

MEZZETIN

Quoi tu aurois le front de joüer un Opera,
avec des habits qui auroient couru toutes les
boües du carnaval?

ARLEQUIN

Ce ne sera pas la premiere fois qu'on aura vû
cela : d'ailleurs ne loüe t-on pas pendant le Carnaval les habits de l'Opera comme ceux de la
friperie ?

MEZZETIN

Tu as raison ; mais je suis curieux de savoir
par quel Opera tu veux débuter ?

ARLEQUIN

Mais . . . . Combien y a t'il d'Opera ?

MEZZETIN

Que sai-je ? il peut y en avoir une quarantaine
tant bons que mauvais.

ARLEQUIN

Et bien nous les joüerons tout à la fois.

MEZZETIN

Ce sera quelque chose de beau , il faudra bien
huit jours au moins par une representation.

ARLEQUIN

Vous avez raison : on pourroit s'y ennuyer,
mais je sai presque tout l'Opera de Phaëton par
cœur , commençons par celui-là.

MEZZETIN

Et bien : c'est un bel Opera que Phaëton, j'en
sai quelques Scenes , & avec nos Actrices, nous
pourrions en donner quelques morceaux déta-
chés , pour essayer.

ARLEQUIN

Je ferai le rolle de Phaëton , & je chanterai
dans les chœurs.

MEZZETIN

Et moi je ferai le rolle du Soleil.

PIERROT

Et moi je ferai celui de la Lune.

ARLEQUIN

Je vais avertir nos Camarades de se preparer, tandis que tu imploreras la faveur du parterre.

MEZZETIN

Va, va, le parterre n'a pas besoin qu'on le previenne, & si nous lui faisons plaisir, il saura bien nous le faire connoître.

SCENE III.

MEZZETIN PIERROT

MEZZETIN

ET toi, feras-tu quelque personnage dans cet Opera ?

PIERROT

Pourquoi non ? ne suis-je pas aussi bien tourné qu'un autre ? je veux faire le premier rolle.

MEZZETIN

Tu te mocques, mon pauvre Pierrot, tu ne sais pas chanter, d'ailleurs le premier rolle, c'est celui de Phaëton, & tu sais qu'Arlequin l'a retenu pour lui.

PIERROT

Non, ce n'est pas là ce que j'apelle le premier rolle, c'est celui ... comment l'apellez vous ? celui qui est le maître, qui commande aux autres.

MEZZETIN

Va va maráut, il t'apartient bien de vouloir t'ériger en directeur d'Opera, toi qui n'a jamais fait qu'un miserable rolle de valet dans une troupe comique.

PIERROT

Qu'est-ce que cela fait, serai-je le premier, qu'on aura vû devenir maître d'Opera après avoir long-temps couru les païs sur les gages d'une troupe de Comediens de campagne ?

SCENE IV.

ARLEQUIN. MEZZETIN PIERROT.

ARLEQUIN *avec un verre, & une bouteille à la main.*

Allons, Messieurs, dépêchons à vôtre santé.

MEZZETIN

Voila donc de quelle maniere tu te disposes à joüer l'Opera. ARLEQUIN

Allons, je n'ai pas de temps à perdre, derechef à vôtre santé. MEZZETIN

A quoi penses-tu donc ?

ARLEQUIN

Ne voyez vous pas que je repete mon rolle?

PIERROT

Vous allez donc faire un rolle d'yvrogne.

ARLEQUIN

Je vous dis que je repete mon rolle, il semble que vous n'ayez jamais vû joüer l'Opera.

MEZZETIN

Sans doute je l'ai vû joüer; mais je ne me suis pas aperçû qu'il fallût être yvre pour y joüer.

ARLEQUIN

Est-ce que je ne chante pas dans les chœurs ?

MEZZETIN

MEZZETIN

Et faut-il être yvre ? pour chanter dans les
chœurs.

ARLEQUIN

Vrayment oüi , avez - vous jamais vû des
chœurs d'Opera où il n'y aye quelqu'un qui soit
yvre ?

MEZZETIN

J'en demeure d'accord ; mais quand il n'y auroit personne , les choses n'en iroient que mieux.

ARLEQUIN

Il ne s'agit pas que les choses en allassent
mieux. C'est un usage établi de tout temps , il ne
nous apartient pas de les reformer..... à tout ce
qui v... fait plaisir.

PIERROT

Oh ! ne chantez pas tout seul dans les chœurs.
Je voudrois y chanter aussi moi.

ARLEQUIN

Vous ne pensez pas que j'ay encor le rolle de
Phaëton à répeter.

MEZZETIN

Il faut donc être yvre aussi pour le rolle de
Phaëton ?

ARLEQUIN

La belle question! ne faut - il pas que Phaëton
tombe de son char ? or pour tomber naturelle-
ment il faut être yvre. Ergo .....à vos amitiés.

MEZZETIN

Assurement tu te casseras le cou.

ARLEQUIN

Je me casserai le cou ? oüi si j'étois de sens
froid.Mais vous sçavez bien qu'on ne se fait point
de mal lors qu'on est yvre.

MEZZETIN.

Nous perdons le temps à badiner & nous
ne songeons pas qu'on pourroit s'impatienter.
Allons,Messieurs de la simphonie. L'ouverture de
Phaëton.

Fin du Prologue. B

L'OPERA INTERROMPU.

COMEDIE.

ACTE PREMIER.

SCENE I.

ISABELLE. COLOMBINE. PIERROT.

Isabelle, & Colombine en habits d'Opera, viennent chanter le commencement du Prologue de Phaëton. Cherchons la paix dans cet azile &c. dez qu'elles ont commencé à chanter Pierrot entre.

PIERROT.

Lte là mes Demoiselles. Rengainez vôtre Musique pour une autre fois.

ISABELLE.

Et bien animal, pourquoi viens-tu nous interrompre?

PIERROT

On a bien raison de dire que ce peste d'Opera
traîne toûjours quelque grabuge après soi. Nous
ne faisons que le commencer, & voila déja une
querelle qui nous arrive.

COLOMBINE.

Explique toi, que veux-tu dire?

PIERROT

Je veux dire qu'il y a là un Monsieur qui fait
le diable à quatre, & qui dit que si nous joüions
l'Opera, il jettera le Théatre, les Acteurs, & la
maison par les fenêtres.

COLOMBINE.

Qui est donc cet homme-là?

PIERROT.

Diable : c'est un drole qui a la langue bien af-
filée. Je croi, Dieu me pardonne, que c'est une
femme vêtuë en homme, il n'y en a que pour luy
à parler. Tenez le voilà qui vient avec Monsieur
Cinthio.

SCENE II.

ARLEQUIN. *Representant Monsieur*
l'Opera, vetu moitié à la Romaine,
moitié à la Françoise, avec un Casque,
& des Brodequins.

CINTHIO. ISABELLE COLOMBINE.
PIERROT   ARLEQUIN.

OUi, Messieurs parbleu je vous trouve plai-
sans? de vous donner les airs d'atirer chez

B ij

o

vous toute la Ville, tandis que chez moi j'en
suis pour les frais. Qui de vous est le maître de
la troupe ?

CINTHIO

Monsieur, avec vôtre permission, qui êtes
vous, vous même ?

ARLEQUIN

Comment : qui je suis ? vous ne me connoiſ-
ſez donc pas ?

CINTHIO

Non Monſieur.

ARLEQUIN.

Je m'apelle Monſieur l'Opera.

CINTHIO

Ah ah. Vous vous apellez l'Opera ?

ARLEQUIN

L'Opera, l'Opera. Il me ſemble qu'un petit
mot de, Monſieur, ne vous gateroit pas la bou-
che. Sachez qu'un homme comme moi ne s'apelle
pas tout court par ſon nom.

CINTHIO·

Ma foi, je vous demande pardon. Vous êtes
donc Monſieur l'Opera ?

ARLEQUIN

Et bien oüi, c'eſt moi même.

CINTHIO

Mais, Monſieur, il me ſemble que vous aviez
démenagé à ce terme-cy. Et vous voilà déja, vous
ne ſauriez demeurer en place.

ARLEQUIN

Il eſt vrai que j'ai démenagé d'ici ; mais comme dans l'endroit où je ſuis allé loger il m'eſt
ſurvenu quelques petites difficultés touchant le
ceremonial, en attendant qu'elles ſoient termi-
nées, je ſuis venu faire un tour par ici, pour ne
pas demeurer ſans rien faire.

CINTHIO

N'est-ce point vous, Monsieur l'Opera qui étiez si malade il y a quatre ans, que vous n'osâtes pas entreprendre le voyage de Constantinople avec le beau frere du grand Turc, qui vouloit vous y mener pour lui servir de maître de Musique?

ARLEQUIN

Qui diable vous demande tant de raisons. Vous imaginez-vous que je me souvienne de si loin.

CINTHIO

Comment vous aurois-je reconnu aprés le triste état où je vous ay vû? Je vous croyois enterré dépuis long-temps, & je vous revois plus gay que jamais.

ARLEQUIN

Ce n'est pas là le sujet qui m'amene, vous dis-je. J'ay apris en arrivant que vous vous disposiez à joüer l'Opera de Phaëton, & je viens vous le défendre.

PIERROT

Oh Monsieur, puisque Monsieur il y a, sachez qu'on ne vient point comme cela de but en blanc interrompre le monde. Ce n'est pas nôtre faute si vos affaires ne vont pas bien.

ARLEQUIN

Ce n'est pas vôtre faute. Vous verrez encor que ce sera la mienne. Je m'épuise à donner tous les jours de vieilles pieces nouvelles, je me donne la peine d'en composer moi même, & malgré tous mes soins, l'herbe croît dans mon parterre, tandis qu'on ne peut pas se tourner dans le vôtre, & vous me dites que ce n'est pas vôtre faute?

COLOMBINE

Je vous assure Monsieur l'Opera que c'est grand

B iij

dommage qu'un pauvre Diable comme vous, ne fasse rien ici.

ARLEQUIN

Ce n'est pas à vous que je parle Mademoiselselle, &... je ne veux rien avoir à faire avec vous.

COLOMBINE.

Bons Dieux. Que je connois de gens qui seroient heureux si vous leur aviez toûjours fait ce compliment.

ARLEQUIN *en colere.*

Mais voyez quelle impertinence .. par la ventre-bleu .... *Colombine & Isabelle s'en vont, & Pierrot arrête Arlequin qui veut aller aprés elles.*

SCENE III.

ARLEQUIN. CINTHIO PIERROT PIERROT.

TOut doux tout doux, Monsieur l'Opera, vous prenez feu bien facilement. Les verités vous fâchent à ce que je vois.

CINTHIO

Ca Monsieur l'Opera. Voyons si nous ne pourrions point trouver quelque accommodement à tout ceci. Entre nous. Quelques pistoles ne pourroient-elles point vous engager à nous laisser en repos ?

ARLEQUIN.

Comment dites-vous ?

CINTHIO

Je demande, si en vous donnant quelques pistoles .... vous m'entendez.

ARLEQUIN
Vous avez la phisionomie d'un honnête homme, & vous vous expliquez d'une maniere, qui
me donne de l'inclination pour vous.

CINTHIO
Cela est fort heureux pour moi.

ARLEQUIN.
Et puis que vous parlez si raisonnablement,
nous pourrions faire quelque chose ensemble.

CINTHIO
Il faudra voir.

ARLEQUIN.
Il me vient en pensée de m'associer avec vôtre
troupe.

CINTHIO
Mais encor sur quel pied voudriez-vous vous
associer avec nous ?

ARLEQUIN.
Mais. Sur quel pied ? sur tous les deux.

CINTHIO
Ce n'est pas ce que je veux dire. Quelle part
demanderiez-vous ?

ARLEQUIN.
Oh ! je ne suis pas interessé. Tenez. Vous me
donnerez les trois quarts du profit. Le dernier
quart sera pour les frais, est le reste sera pour
vous.

CINTHIO
fort bien : voila un joli partage.

ARLEQUIN.
Et comme en ce cas là, nos interêts seront
communs. Il faudra par dessus le marché que vôtre troupe s'engage à souder quelques petites
difficultés que j'ay avec le Public.

CINTHIO
Et ces difficultés à combien peuvent-elles bien
aller ?

ARLEQUIN.

Bon , ce ne font que des bagatelles . En tout cas je vous remettray entre les mains des effets , qui vous répondront de tout.

CINTHIO

Et bien Monfieur vous n'aurez qu'à nous les faire voir.

ARLEQUIN.

Je vais les faire venir tout à l'heure.

CINTHIO

Eh non , Monfieur , il eft trop tard , attendez à demain.

ARLEQUIN.

La male pefte. Je m'en garderai bien ; je fuis bien aife de profiter de l'obfcurité. Il y a dans le monde de certains impertinens qui s'imaginent parce qu'on leur doit , qu'ils font en droit de s'emparer de tout ce qui vous apartient. Je fuis homme de précaution.

CINTHIO

Comme il faudroit trop de temps pour les amener, je fuis d'avis d'aller avec vous où ils font , & je verrai ce que nous pouvons faire.

ARLEQUIN

C'eft fort bien penfé,il y aura moins à rifquer.

CINTHIO

Et toi Pierrot pendant mon abfence aye foin que les chofes aillent comme il faut.

SCENE IV.

PIERROT

PRenez garde , au moins ; de bien faire vos paches avec lui, que vous n'en foyez pas la duppe. Monsieur Cinthio avoit bien que faire de lui aller offrir de l'argent , il n'y avoit qu'à l'envoyer promener.

SCENE V.

SCARAMOUCHE PIERROT.

SCARAMOUCHE.

MOn pauvre Pierrot , tu ne sais pas l'accident qui vient de nous arriver ?

PIERROT *pleure*

helas ! qu'est-ce donc ?

SCARAMOUCHE

De quoy pleures-tu ?

PIERROT.

Je n'en sai rien : je vous le demande.

SCARAMOUCHE

Atten donc que je te l'aye dit , & tu pleureras tant que tu voudras.

PIERROT.

Depechez donc de les dire, j'enrage de pleurer.

SCARAMOUCHE.

Le pauvre Arlequin a perdu l'esprit.

PIERROT.

Ce n'est que cela ? il n'y a pas là dequoi tant s'affliger.

SCARAMOUCHE.

Quoi tu ne trouves pas que c'est une chose bien triste de voir que ce pauvre garçon est devenu fou ?

PIERROT,

Bon: si l'on vouloit s'affliger, pour tous ceux qui le sont, il faudroit tendre toutes les ruës de noir.

SCARAMOUCHE

Mais tu ne divinerois jamais, comment ce mal-
heur lui eft arrivé.

PIERROT.

Ce n'eft pas une chofe fort dificile à compren-
dre. Il eft devenu fou....., en perdant l'efprit,

SCARAMOUCHE

Sans doute ; mais de la maniere du monde la
plus extraordinaire. Tu fais qu'il eft amoureux
de Colombine en répétant avec elle fon rolle de
Phaëton, il a été fi charmé de la voir en habit
d'Opera, que l'amour lui a brouillé la cervelle.

PIERROT.

Il n'eft pas le premier, à qui de pareils ob-
jets ont fait perdre la tramontane.

SCARAMOUCHE.

Il s'imagine d'être mort d'amour, & nous ne
faurions lui ôter cette fantaifie de la tête.

PIERROT.

Et bien, il faut la lui laiffer.

SCARAMOUCHE

J'ay été confulter un habile medecin, qui m'a
dit que fa maladie ne venoit que d'avoir trop
bu fans manger, & que fi l'on pouvoit le faire
manger, il feroit d'abord gueri.

PIERROT

Oh ! fi il ne tient qu'à le faire manger, nous le
guerirons bien-tôt : car il eft gourmand comme un diable.

SCARAMOUCHE.

Il n'y a pas moyen de le faire manger, ni de
le faire lever de l'endroit où il s'eft couché. Il
veut abfolument qu'on l'enterre.

PIERROT.

Va, va, ne te mets pas en peine : je lui ferai
bien paffer fa folie. Tu n'as qu'à le faire aporter

ici. Nous lui ferons croire que nous l'enterrons, laisse moi faire le reste. *Scaramouche s'en va.* Je n'ay pas la folie d'Arlequin, moi. Je ne suis pas amoureux ; aussi j'ai toûjours bon apétit. Voila ce que c'est que d'avoir de l'esprit.

SCENE VI.

SCARAMOUCHE ARLEQUIN. Suite

ARlequin ayant l'esprit troublé de l'amour de Colombine, Scaramouche & Pierrot feignent de l'enterrer pour avoir occasion de le faire manger, & de le guerir. Pour cet effet Scaramouche un flambeau à la main, conduit une troupe de gens qui portent Arlequin sur un ais, envelopé d'un Linceul. Arlequin pendant la marche leve la tête de temps en temps, pour parler.

ARLEQUIN.
Ah ! Scaramouche.

SCARMOUCHE.
Que veux-tu ?

ARLEQUIN
Où est-ce que vous me portez ?

SCARAMOUCHE
Nous te portons en terre comme tu l'as demandé.

ARLEQUIN.
Ah ! vous avez raison. Je ne pensois plus que je suis mort. *Il pleure.*

SCARAMOUCHE.
Et bien de quoi pleures-tu ?

ARLEQUIN:

Ne faut-il pas que les amis du deffunt pleu-
rent à l'enterrement ?

SCARAMOUCHE

C'eſt donc à nous de pleurer, puiſque nous
ſommes tes amis.

ARLEQUIN

Helas ! Je n'avois pas de meilleur ami que
moi-même.

SCARAMOUCHE

Tu as raiſon.

ARLEQUIN

Scaramouche.

SCARAMOUCHE.

Que veux tu ?

ARLEQUIN

Où eſt le deüil ?

SCARAMOUCHE.

Il n'y en a point ?

ARLEQUIN

Comment ? avec autant de parens que j'en ai,
n'avoir pas un pauvre petit deüil à mon enterrement. *Il pleure* j'en veux avoir un moi. Allez
m'en chercher un tout à l'heure.

SCARAMOUCHE

Tu ſais bien que de ton vivant tu n'étois
qu'un gueux, perſonne ne voudra ſe déclarer ton
parent.

ARLEQUIN

Ce n'eſt donc que ceux qui laiſſent du bien, qui
ont un deüil à leur enterrement ?

SCARAMOUCHE

Non ſans doute.

ARLEQUIN

Je ſuis donc bien aiſe d'avoir tout mangé, pour
punir mes parens de leur malhonêteté, Scaramouche,

mouche. Y a t-il encor loin d'ici au lieu de ma
sepulture ?

SCARAMOUCHE.

Pourquoi? trouves-tu le chemin trop long ?

ARLEQUIN.

Non. Mais s'il y a encor loin, il faudra faire al-
te pour donner l'avoine à nos chevaux.

SCARAMOUCHE.

Il n'en est pas besoin. Nous voila arrivés.

ARLEQUIN.

Avez-vous eu soin de faire balier mon aparte-
ment de peur des puces ?

SCARAMOUCHE.

Oüi, j'ai fait tout ce qu'il faut.

ARLEQUIN.

Je suis donc enterré à present ?

SCARAMOUCHE.

Te trouves-tu bien en cet état?

ARLEQUIN.

Le mieux du monde. Vous pouvez vous reti-
rer mes enfans : Je n'ai plus besoin de vous. Allez & beuvez à ma santé. *Scaramouche, & les*
autres, viennent dire adieu à Arlequin qui
pleure en les embraffant, & comme ils s'en vont
Arlequin rapelle Scaramouche.

SCARAMOUCHE

Veux-tu encor quelque chose?

ARLEQUIN

D'où vient que tu emportes la lumiere. Je n'y
verrai goute.

SCARAMOUCHE.

Les morts n'ont pas besoin de lumiere. Ne
sais-tu pas que quand on est mort on ne voit rien?

ARLEQUIN

Je ne savois pas cela. Voici la premiere fois de
ma vie que j'ai été mort.

C

SCARAMOUCHE.

Si tu veux, pourtant, je la laiſſerai.

ARLEQUIN

Oh nenny, les morts ne voyent goute. Ah? Scaramouche.

SCARAMOUCHE

Et bien?

ARLEQUIN

Je te demande pardon ſi je ne t'acompagne
pas. Je crois que les morts ne font point de cere-
monies.

SCARAMOUCHE.

Va, va. Je t'en diſpenſe, adieu Arlequin.

ARLEQUIN

Adieu Scaramouche.

SCENE VII.

ARLEQUIN *ſeul*

ENfin : me voila libre, & j'aurai le plaiſir de
penſer ici tout mon ſou à ma charmante
Colombine. Ce qui me fait du chagrin, c'eſt que
je ſuis parti de l'autre monde ſans lui faire mes
adieux. Ah voila qui eſt tres-mal honnête, & c'eſt
ne ſavoir pas vivre que de mourir ſans prendre
congé de ſes amis. Il faut retourner en l'autre
monde pour reparer vôtre faute, & pour lui faire vos excuſes .. .... Mais Arlequin mon ami
vous raiſonnez comme une bête. Vous voyez bien
que vous ne voyez goute, & comme vous ne ſa-
vez pas les chemins d'ici à l'autre monde, vous
irez vous caſſer le nés quelque part. Tout ce
que vous pouvez faire c'eſt de lui écrire une lettre de compliment, & bien oüi : ... Mais qui lui

portera vôtre lettre ? Il n'y a point de poste éta-
blie d'ici là , & quand même il y en auroit une ,
vous ne savez ni lire ni écrire. De plus . . . .
Arlequin entend parler derriere lui, Scaramou-
che & Pierrot viennent portans , l'un une bou-
teille , & un verre, & l'autre des plats, dans les-
quels il a à manger. Ils s'affoient à côté d'Ar-
lequin , & ils allument une bougie. La frayeur
d'Arlequin fait un jeu de Theatre. Pierrot &
Scaramouche se mettent à manger. Arlequin est
étonné de voir que les morts mangent , il prend
envie de faire de même. Il leur dérobe quelque
chose, ils s'en aperçoivent , & le prient à man-
ger avec eux , pendant ce temps - là Arlequin
leur fait plusieurs questions.

ARLEQUIN.

Parbleu : je n'aurois jamais cru que les morts
mangent , si je ne le voyois de mes propres yeux.

SCARAMOUCHE.

On voit bien, Camarade, qu'il n'y a pas
long-temps que vous êtes mort. Vous êtes encor bien novice en ce métier-là.

ARLEQUIN

Il n'y a qu'un moment que je suis arrivé. Ne
me faites point de mal. Je suis mort au moins.

PIERROT

Nous le voyons bien : personne ne vient ici
qu'il ne soit mort.

ARLEQUIN.

Et vous êtes mort , aussi ?

SCARAMOUCHE

Ne le connoissez vous pas à nôtre habillement?

ARLEQUIN

Quoi ? c'est là l'habillement des morts ! les
tailleurs ne gagnent donc gueres avec eux.

PIERROT.

En revanche auſſi, ils ſe dedommagent bien avec les vivants.

Arlequin leur demande dequoi l'on parloit en l'autre monde quand ils en ſont partis. ils lui racontent ſon hiſtoire, il les reconnoît, & il les bat pour ſe vanger de leur raillerie.

Fin du Premier Acte.

ACTE SECOND.

SCENE PREMIERE.

COLOMBINE PIERROT.

COLOMBINE.

AH Pierrot, qu'eſt-ce que c'eſt donc que tout ce train qu'on nous amene ici ?

PIERROT.

Ne voyez-vous pas, que c'eſt le bagage de Monſieur l'Opera qui vient s'aſſocier avec nous? nous ſommes convenus des Articles, & j'ai ſigné auſſi moi. Tenez je crois qu'il a envie de nous tromper : car il nous a accordé trop facilement tout ce que nous avons voulu.

COLOMBINE.

Quoi ? nous joüerons l'Opera avec tous ces Meſſieurs ? ah Pierrot que j'en ſuis aiſe !

PIERROT.

Si vous en êtes bien aise, j'en suis bien faché
moi

COLOMBINE.

Et d'où vient, Pierrot, que tu en es faché?
c'est quelque chose de si beau que l'Opera! on
dit qu'une jolie fille y fait d'abord fortune.

PIERROT.

Oüi deaumais je n'y trouverai pas mon compte moi.

COLOMBINE

Comme je serai nouvelle Actrice, & que je
viens de Paris, j'aurai la vogue, & il n'y en au...
que pour moi.

PIERROT.

Les filles d'Opera ont des resources que les
hommes n'ont pas. Je ne sai ni chanter ni danser,
& le plus bel emploi que je puisse esperer, c'est
d'y moucher les chandelles. Oh dame: on ne gagne pas de l'eau à boire à faire ce metier là.

COLOMBINE.

Ah Pierrot, je croi que voici tout l'Opera qui
arrive.

SCENE II.

CINTHIO COLOMBINE ARLEQUIN *representant Mr. l'Opera.*

CINTHIO

Monsieur vous n'avez qu'à faire avancer vos
gens jusqu'ici. Il y a trop d'embarras là d-r-
riere.

ARLEQUIN. *Donne un coup de sifflet.*

CINTHIO

D'où vient donc que vous sifflez ?

ARLEQUIN

C'est mon signal ordinaire, pour tout ce que je veux faire executer.

CINTHIO

C'est aussi le Compliment que vous fait le parterre quand vous lui donnez de vos ouvrages.

ARL·QUIN *Siffle une seconde fois.*

Allons Messieurs avancez.

SCENE III.

CINTHIO COLOMBINE.

ARLEQUIN PIERROT.

LA COMETE, UN CHARRETIER.

Suite.

ON voit paroître une charrête chargée d'un-
ciles l'Opera. Comme habits, coffres, décorations &c. Une femme est assise sur le haut de
la charrête avec un livre sous son bras, plusieurs
hommes & plusieurs femmes vêtus avec des
habits d'Opera précedent la charrete. Ils ont à
leur tête un charretier qui bat la mesure à plusieurs joüeurs d'instrumens, quand la marche
est finie, le charretier vient chanter la chanson
qui suit, & le chœur repete le reffrein.

LE CHARRETIER. *Charte, avec un foüet à la main.*

Le ba ga ge de l'O pe ra. *bis.*

A Dia, ni à Hureau, ne va.

Hureau dia dia, tita ta, clic, clac.

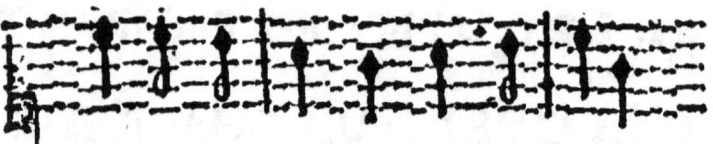

Tan ta le - ri, Tanta - le - ri re,

Tan ta le - ri, tanta - le - ra.

A dia ni a hureau ne va. *bis.*
Ici guere il ne restera.
Hureau dia dia &c.

Ici guere il ne restera. *bis*
Rien à faire il n'y trouvera.
Hureau dia dia &c.

Rien à faire il n'y trouvera,　　　*bis*
Et quand il en decampera.
Hureau, dia dia, &c.

Et quand il en decampera,　　　*bis*
Chacun aprés lui criera
Hureau dia dia &c.

ARLEQUIN.

Avoüez que vous n'avez pas encor vû d'équi-page si teste que le mien. Diriez-vous à voir ces gens-là, qu'ils ont fait aujourd'hui seize lieües dépuis le Soleil couché.

CINTHIO

Seize lieües ! il faut donc que vous ayez quel-que secret particulier pour les faire avancer chemin.

ARLEQUIN.

Je vais vous dire comment je fais, ces gens-là ne marchent qu'au son des instrumens. Quand je veux qu'ils aillent lentement, je fais joüer des chacones, des loures, des sarabandes. Quand je veux qu'ils aillent un peu plus vite, je fais joüer des menuets, des passepieds, des gigues, & des rigaudons, & comme aujourd'hui je voulois ar-river à temps, j'ai fait joüer une entrée de vents, qui les a amenés ici en moins de deux heures.

CINTHIO

Voila qui est admirable ! mais Monsieur, de cette maniere, le voiturier du païs d'où vous venez ne gagne pas beaucoup avec vous.

ARLEQUIN.

Comme j'ai de vieux comptes à regler avec lui, j'ai trouvé cet expedient pour n'en point commencer de nouveau.

PIERROT.

A quoi vous sert ce vieux squelette qui est là-haut juché comme une poule ?

ARLEQUIN

Comment diable ! c'est la premiere piéce, & la plus ancienne de mon Opera, c'est Mademoiselle la Comette. En campagne, c'est ma fourriere, en Ville c'est mon Intendante, ma gouvernante, ma Secretaire, ma maîtresse d'Hotel, ma femme de chambre, & ma cuisiniere.

CINTHIO

Mais : c'est une maison entiere que cette femme - là.

PIERROT.

C'est une maison qui tombe en ruine, il me paroît qu'elle a besoin de réparations.

CINTHIO

Aparemment que ce livre qu'elle porte sous son bras, est quelque livre de Musique ?

ARLEQUIN

Non, Monsieur, ce n'est pas un livre de Musique, c'est mon billan, elle a l'emploi de le porter au Change, ou au Greffe selon les differentes occasions.

CINTHIO

Sans trop de curiosité, pourroit - on vous demander à le voir ?

LA COMETTE.

Je suis d'avis, ma foi, que vous nous teniez ici jusques à demain. Vous feriez bien mieux d'envoyer reposer l'équipage, qui ne peut pas se soutenir sur ses pieds.

CINTHIO

Elle a raison, laissez aller reposer vos gens, & puis qu'ils ne sont pas en état de joüer aujourd'hui, nous continuërons le petit divertissement que nous avons commencé.

ARLEQUIN

J'y consens, ayez donc soin de faire ranger

tout cet attirail, & vous la Comette, commen-
cez par provision à vous emparer de la porte, &
bon compte au moins, vous m'entendez.

LA COMETTE.

Ne vous embarrassez de rien.

*L'équipage s'en va au son des instrumens, Ar-
lequin leur donne le mouvement en battant la
mesure.*

Allons gay, plus gay, en cadence Messieurs,
en cadence.

SCENE IV.

ARLEQUIN PIERROT.

ARLEQUIN.

IL est à propos que je reste ici, moi, pour que
tout aille en bon ordre.

PIERROT.

Il me semble, Monsieur l'Opera, que vous avez
la barbe bien longue pour parêtre en si bonne
compagnie.

ARLEQUIN

Vous avez raison : dans un moment je reviens.
Je vais me faire faire la barbe.

PIERROT

Parbleu vous n'avez que faire d'aller ailleurs,
je vous en épargnerai la peine.

ARLEQUIN

Oh ! Monsieur, vous voudriez vous donner
cette peine vous-même ?

PIERROT.

Je le ferai avec bien du plaisir, Monsieur, c'est

bien la moindre chose que je vous doive.

Pierrot fait asseoir Arlequin, il lui ôte son cas-
que & sa perruque, & aprés lui avoir fait tour-
ner la tête de plusieurs côtés, il commence à lui
arracher la barbe, Arlequin se léve avec pré-
cipitation.

ARLEQUIN
Que Diable faites-vous donc mon ami ? vous
m'arrachez la barbe ?

PIERROT,
Laissez moi faire : Je ne vous en laisserai pas
un poil.

ARLEQUIN
Mais dites moi, mon ami, quand vous vous
faites la barbe, est - ce de cette maniere - là que
vous vous la faites.

PIERROT.
Oh quand je me la fais, à moi, c'est une autre affaire : mais voila la maniere dont je fais la
barbe aux autres. *

ARLEQUIN.
Allez vous en au diable avec vôtre maniere ;
je n'en ai que faire.

PIERROT.
Vous étes donc bien chatouilleux Monsieur
l'Opera ?

ARLEQUIN.
Il faudroit être bien ladre pour ne le pas sentir.
allez vous promener, de par tous les diables,
j'aime mieux garder ma barbe toute ma vie.

Arlequin, & Pierrot s'en vont.

Fin du Second Acte.

* Fade plaisanterie de la Comedie du Caffetier.

ACTE TROISIEME.

SGENE PREMIERE.

OCTAVE.　　LE PORTIER

OCTAVE. *au Portier.*

VA, mon ami. Je te dis que j'ay donné un Loüis d'or, qu'on me rende mon reste.

LE PORTIER

Mais, Monsieur, à qui avez vous donné ce Loüis?

OCTAVE.

Je l'ai donné à cette femme qui est ordinairement à la porte. Va le lui demander.

LE PORTIER.

Hola! Mademoiselle la Comette. Mademoiselle la Comette.

SCENE II.

OCTAVE.　LE PORTIER

LA COMETTE.

ET bien. Qu'y a-t-il? on ne sait ici à qui répondre, tout le monde apelle à la fois.

LE

LE PORTIER

Reconnoiffez-vous Monfieur ? il dit qu'il vous
a donné un Loüis.

LA COMETTE.

A moi Monfieur ?

OCTAVE.

A toi même. Ne m'as-tu pas dit que je n'avois
pas befoin de billet, & que tu me reconnoîtrois ?

LA COMETTE

Vous vous trompez, Monfieur, vous ne m'a-
vez rien donné.

OCTAVE.

Oh parbleu je te ferai voir tout à l'heure que
je ne me trompe point, je pretens que mon Loüis
fe trouve, ou tu vas voir beau jeu. *Il veut mettre l'épée à la main.*

LA COMETTE.

Doucement, Monfieur, doucement : un moment de patience, s'il vous plait, je n'avois point
de Loüis fur moi, & fi j'en trouve un, aparemment ce fera le vôtre. *Elle fe fouille, & trouve
le Loüis dans fa poche,* en verité je ne fai comme cela s'eft fait ; mais j'aurois juré que vous ne
m'aviez rien donné.

OCTAVE.

Je ne fai qui me tient vieille guenon, que je ne
te coupe les deux oreilles, pour t'aprendre.....
La Comette, & le Portier s'enfuyent.

SCENE III.

OCTAVE. ARLEQUIN
ARLEQUIN.

QUel tintamarre fait-on donc ici ? parbleu
Monfieur ? je vous trouve bien impertinent

D

de vous donner les airs de maltraiter les gens qui
m'apartiennent.

OCTAVE.

Ah ah ! vous êtes ici Monsieur? & bien sachez
que quand les gens qui vous apartiennent font des
sottises, c'est à vous à en faire des excuses, & non
pas à les soutenir.

ARLEQUIN.

Morbleu, Monsieur, on ne doit point blasphe-
mer ici comme vous faites, & je ne prétens point
qu'on perde le respect chez moi.

OCTAVE.

Voila encor un plaisant fat, avec son chez moi.
chez toi est à la ruë, remercie la Compagnie, je
t'aprendrois si c'est à un maraut comme toi à me
parler de la sorte, *Octave s'en va, & quand Ar-*
lequin ne le voit plus il le suit.

ARLEQUIN.

Oüi parbleu je vous crains beaucoup. Voila
encor de plaisants visages. *On entend du bruit,*
& bien qu'y a t'il encor ?

SCENE IV.

LEANDRE. ARLEQUIN, PIERROT
LEANDRE *se tournant du côté de la*
Porte.

OUi vous êtes un faquin, je vous dis que je
suis sorti, c'est à vous à me reconnoitre.

ARLEQUIN.

Qui sont ces insolens? qu'on ne les laisse point
entrer, voila de plaisantes canailles!

LEANDRE

Je vous dis que j'ai déja payé, & que je ne
payerai pas une seconde fois.

ARLEQUIN

Monſieur, on auroit bien à faire ſi l'on vouloit reconnoître tous ceux qui ont payé.

PIERROT

Il eſt vrai que j'ai vû quand Monſieur a donné ſon billet.

ARLEQUIN

Et bien qu'eſt-ce que cela me fait ?

LEANDRE

Ce que cela vous fait, Monſieur ? ſans doute que vous avez oublié que je ne dois point prendre de billet, & que vous me devez mon entrée gratis à la Comedie pour les interèts de l'argent que je vous ai prêté.

ARLEQUIN

Monſieur, quand nous fimes cette convention j'avois beſoin de vous ; mais je ne veux point me mettre ſur le pied d'executer des promeſſes que la crainte ou la neceſſité m'ont fait faire.

LEANDRE

Vous avez raiſon Monſieur l'Opera. Il n'eſt pas juſte que je ſois le ſeul de tous ceux qui vous ont fait plaiſir, avec qui vous n'en ayez pas mal agi ; mais nous nous reverrons, Monſieur l'Opera, nous nous reverrons, *Leandre s'en va.*

ARLEQUIN.

Parbleu, il me ſemble ici que je leur aye de grandes obligations parce qu'ils m'ont prêté de l'argent, & que.....

SCENE V.

CINTHIO ARLEQUIN
CINTHIO.

MA foi, Monſieur l'Opera, je ne ſai ce que tout cela veut dire. Je crois qu'en arrivant vous avez amené le defordre chez nous. Tout le monde fe plaint de vos manieres, ne pourriez-vous pas vous humanifer un peu.

ARLEQUIN

Bon bon : il faut bien fe prendre à ce 'que difent les gens de ce païs-ci : ce font de bons ignorants. Je leur fais encor bien de l'honneur de vouloir les fouffrir en payant.

CINTHIO

Mais vous ne penfez pas que vous éloignerez le monde de chez nous, & que vous nous ferez tort. Avec un peu plus d'honnêteté nous trouverions mieux nôtre compte.

ARLEQUIN

Voila encor de plaifantes gens pour avoir de l'honnêteté avec eux. Je fuis d'avis, que fous pretexte qu'ils me font gagner ma vie, ils viennent ici fe donner des airs d'independance. Par la ventrebleu je veux les mettre fur le bon pied, & je les ferai condamner en Juftice à ne me parler que chapeau bas, & à n'ofer pas repliquer le petit mot quand je leur dirai quelque chofe.

CINTHIO

Tenez Monfieur l'Opera, je veux vous donner un fecret pour empêcher que les gens ne fe plaignent de vous.

ARLEQUIN

Et quel eft-ce fecret ?

CINTHIO

Vous favez la Mufique ?

ARLEQUIN

Si je fai la Mufique ? qui voulez-vous donc qui la fache ?

CINTHIO

Et bien quand vous parlez aux gens, & fur tout à des perfonnes qui font infiniment au deffus de vous, vous n'avez qu'à le prendre un ton plus bas.

ARLEQUIN

Eſt-ce que je ſuis homme à changer de ton ?
& quand un homme comme Moi . . . . .

CINTHIO

un demi ton plus bas : ſeulement.

ARLEQUIN

Quand on eſt né quelque choſe , & que l'édu-
cation accompagne un certain mérite.

CINTHIO

Oh! du moins un quart de ton plus bas.

ARLEQUIN.

Non je vous dis que je ne baiſſerai pas ſeulement de la centiéme partie d'un ton , morbleu
quand on a du cœur, & qu'on eſt accoutumé à vivre parmi les perſonnes de qualité . . .

CINTHIO

Ah mon Dieu ! Monſieur l'Opera , ce n'eſt pas
manquer de cœur que de ſavoir ſe connêtre ſoi-
même . le Public qui nous fait vivre n'a que faire
de ſouffrir nos ſottiſes , & les airs de hauteur qui
ne conviennent point à gens de nôtre profeſſion,
nous attirent des mépris , & l'indignation de tout
le monde.

ARLEQUIN *aperçoit Mr. Portefer & Mad. Clym.*
Homme ?

CINTHIO

Qu'avez-vous Monſieur ? vous trouvez - vous
mal ? il me ſemble que vôtre voix s'affoiblit tout
à coup.

ARLEQUIN

Elle s'affoibliroit à moins, de par tous les diables. Voila Madame Clymene : c'eſt une femme à
qui je dois de l'argent. Je ſuis ſeur qu'elle aura
l'inſolence de venir me le demander.

D iij

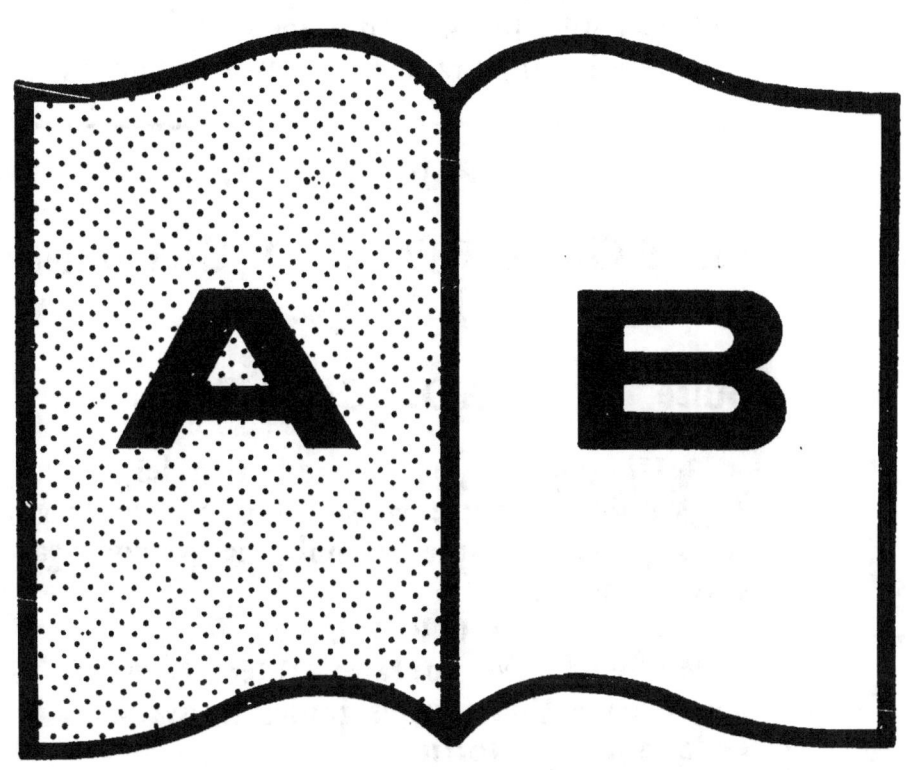

Contraste insuffisant

NF Z 43-120-14

CINTHIO

En ce cas-là elle ne vous fera point de tort.

ARLEQUIN

Qu'apellez-vous? elle ne me fera point de tort.
Parbleu je ne suis pas Banquier pour avoir toûjours
un fonds prêt. Je n'en n'ai point à lui donner: mais
laissez moi seul, il faut que je m'en debarrasse.

SCENE VI.

Mr. PORTE-FER. MAD. CLYMENE ARLEQUIN

Suite   MAD. CLYMENE.

OUi mon frere, puisque je le tiens ici, je veux
absolument être payée. Il y a trop long-
tems qu'il se mocque de moi, ne perdons pas
cette occasion.

Mr. PORTE-FER,

Ma sœur laissez moi faire, il sera bien fin s'il
nous échape. Vous autres gardez les avenuës, &
ne le laissez pas sortir.

ARLEQUIN

Je ne me tirerai jamais de leurs pattes, si je
n'invente quelque stratagéme. Allons payons d'ef-
fronterie. S'il y avoit quelque trappe ouverte je
m'enfoncerois sous le Théâtre. Justement en voila une, pour les amuser je vais chanter la Scene
de Protée. Ils n'oseront peut-être pas troubler le
spectacle, en tout cas la trappe... Crac. Allons
Messieurs de l'Orchestre faisons les choses dans les
formes.   *Il chante*

Prenez soin sur ces bords des troupeaux de Neptune.
Ie veux fuïr des Sergens la poursuite importune.
Ici l'ombre ... des flots, le murmure des bois ...

ma foi je ne fai plus ce que je dis. Il faudroit dor-
mir ici ; mais la prefence d'un Creancier n'invite
guere à gouter la douceur du repos . . . . bon : je
crois qu'ils fe font retirés, je ne vois plus perfo-
ne, délogeons fans trompette.

Il chante.

Vos jeux ont des apas, je les quitte avec peine.;
Sans perdre temps tournons ailleurs nos pas.

Comme il veut s'en aller Monfieur Portefer , & fa fuite
l'arrête. En chantant.

Avant que de fortir vous payerez , Clymene:
Ou vous éprouverez ce que péfe mon bras.

ARLEQUIN

N'interrompez pas ma retraite.
En lieu de fureté j'ai laiffé ma Caffette.
Mais fous un filence difcret ,
Le fort veut qu'avec foin je garde mon fecret.

Arlequin difparoît, & fe transforme fucceffivement en
Paon , en Agneau, en Renard , &c. mais fous les formes
differentes , il eft pourfuivi par Mr. Portefer.

C'eft un argent qu'il faut qu'on vous arrache ,
Vous vous transformez vainement
Nous vous fuivrons avec empreffement
fous quelque forme qu'on vous cache.
Non , ne croyez pas nous tromper ,
N'efperez pas nous échaper.
Non : de ces changemens l'étonnant artifice
N'aura rien qui nous éblouiffe.

Mr. PORTE-FER.

Il reviendra bien - tôt dans fa forme ordinaire.
Ma fœur venez l'entendre il cede à nôtre effort.
Il va de vôtre argent vous déclarer le fort.

ARLEQUIN

Puifque vous m'y forcez il faut vous fatifaire.

Sur l'air réveillez vous belle endormie.

Finissez une plainte vaine
Je m'en vais souder mon Bilan.
Pour vous payer, Dame Clymene,
Mettez mes meubles à l'encan.

MAD. CLYMENE

Mais où logez vous, Monsieur ? où sont vos meubles ?

ARLEQUIN

Madame je poss. de à peine
Les draps qui sont dans mon Do do.
Comme Bias, & Diogene
Tout ce que j'ai mecum porto.

Mr. PORTE-FER.

Quel Oracle !

MAD. CLYMENE.

Quelle terreur !

TOUS DEUX

Ah je me sens fremir d'horreur. Ils s'en vont.

SCENE VII.
ARLEQUIN *seul.*

AH, ah, ah, je savois bien que je m'en débarasserois. Je l'ai pourtant échapé belle; mais il n'y auroit pas de la prudence à rester ici davantage : ces canailles pourroient revenir à la charge, & j'en serois le sot. Je ne suis venu ici que pour interrompre les Comediens, & pour les empêcher de joüer l'Opera, j'y ai reüssi, & c'est tout ce que je demandois. *Il chante* Sur l'air *du cap de bonne esperance.*

Revenez troupe Comique
Finiſſez vôtre Opera.
Reprenez vôtre Muſique
Plus on ne vous troublera
Que chacun de vous s'aprête
A glozer ſur ma retraitte,
Le Parterre aprouvera
Tout ce que l'on chantera. *il s'en va*

SCENE DERNIERE.

CINTHIO COLOMBINE, ISABELLE, PIERROT.

CINTHIO.

Qu'eſt donc devénu Monſieur l'Opera ? peſte ſoit de l'homme, nous avions bien à faire de ſa pratique.

PIERROT.

Ma foi je croi qu'il s'eſt mocqué de nous, & qu'il n'eſt venu ici que pour nous faire piéce : la charrette, la gouvernante, & l'équipage ſont à tous les diables.

CINTHIO

C'eſt un tour qu'il nous a joüé; mais il ne nous atrapera plus.

PIERROT.

Pourquoi vous fiez - vous à lui: eſt-ce que vous ne le connoiſſiez pas ?

CINTHIO

Allons cela n'eſt rien. Mes Demoiſelles, quelques petites chanſons pour prendre congé de la Compagnie.

On joüe un veau-deville ſur lequel en chante les couplets ſuivants.

On ne peut se défendre
De s'engager.
On se laisse surprendre
Sans y songer ;
Mais des maux qu'amour fait souffrir
Quand on veut guerir
C'est un Opera.
Augué lon la lan lire, augué lon la.

Malgré l'ardeur parfaite
D'un tendre amant
Une jeune coquette
Tourne à tout vent ;
Mais quand on la laisse échaper
Pour la ratraper
C'est un Opera.
Augué &c.

Quelque dépit qui tienne
Un foible Amant ,
Un regard le ramene
facilement ;
Mais pour appaiser le courroux
D'un amant jaloux
C'est un Opera.
Augué &c.

Bergere trop facile
Pour son amant
Fait d'un amant tranquile
Un inconstant.
Mais pour déguiser le tourment
de son changement
C'est un Opera.
Augué &c.

A nos Jeux tout abonde :
La nouveauté
nous attire du monde
De tout côté ;
Mais pour renvoyer nos chalans
Joyeux & contens
C'est un Opera.

Augué &c.

Fin de l'Opera interrompu.

CONCLUSIONS.

JE confens à l'impreſſion de cette Comedie Intitulée *l'Opera interrompu.* FAIT
à Lyon ce 21. Juin 1707.

AUBERT.

PERMISSION.

PErmis d'imprimer à Lyon le 21. Juin
1707.

DUGAS.

LA
FILLE
A
LA MODE.

COMEDIE.

Mise au Théatre par Mr. B**,

A LYON,

M. DCCVIII.
AVEC PERMISSION,